문학과지성 시인선 425

곰아 곰아

진동규 시집

문학과지성사

문학과지성사에서 펴낸 진동규의 시집

아무렇지도 않게 맑은 날(1999)

문학과지성 시인선 425
곰아 곰아

펴 낸 날 2013년 3월 26일

지 은 이 진동규
펴 낸 이 홍정선
펴 낸 곳 ㈜문학과지성사

등록번호 제10-918호(1993. 12. 16)
주   소 121-840 서울 마포구 서교동 395-2
전   화 02)338-7224
팩   스 02)323-4180(편집) 02)338-7221(영업)
전자우편 moonji@moonji.com
홈페이지 www.moonji.com

ⓒ 진동규, 2013. Printed in Seoul, Korea

ISBN 978-89-320-2398-4

문학과지성 시인선 425

곰아 곰아

진동규

2013

시인의 말

오목눈이의 눈짓

멧돼지가 고개를 넘고 있다. 고라니는 먼저 와 있었다. 건너 산마루에 점점이 보이는 작은 새 둘은 원앙이지 싶다. 그놈들은 항상 붙어 다닌다. 지휘를 맡은 것은 덤불 속의 흰머리오목눈이다. 앞개울의 물고기 떼들은 이미 은하의 물굽이를 넘나들고 있지 않는가. 백제금동대향로에 부조로 조성해놓은 미륵 법왕의 초례청 풍경이다.

이 옹골찬 이야기를 영화로 만들겠다고 한국문인협회가 나섰다. 오목눈이가 퍽이나 좋은 일이라고 눈짓을 보내왔다.

2013년 봄
진동규

곰아 곰아

차례

제1부

풋국

호박 속보다 환한 호박꽃이다 어젯밤 호박꽃 초롱 만들러 왔던 반딧불이가 다슬기 눈물 한 바람을 흘리고 간 것인데 가마꾼 호박벌이 그걸 꽃가루에 비벼대 가마띠를 만들고 있는 중이다

자고 나면 한 뼘 두 뼘씩 뻗는 호박 넝쿨 애호박이 열린다 호박벌 닮았다 넝쿨손은 담벼락 한 귀 또 그러쥔다

호박벌 가마띠 만지듯 조신조신 넝쿨손을 꼬고 애호박은 호박벌 쏘이지 않게 숨겨다가 풋국 한 솥 끓인다

소리청

버들가지 출렁거리며
강줄기에 첫 음을 잡아주고 있다

　지난해 묵은 가지 구워서 만든 목탄을 들려주었다
소리청엘 다녀오게 한 것, 올봄 첫 연주회 지휘를 맡
겼다 메아리는 다 걸러내고 처음 소리만 그려 오라
했다
　뒷얘기나 만들던 잎사귀들은 다 흘러가버렸고 더러
화석으로 마저 부서지고 있었지만 맨 처음 입 열던
소리, 봉오리 열던 소리들은 소리소리 지르며 기둥을
세운다
　행여 도서청이나 박물청은 얼씬도 하지 말라고 당
부했다 이야기꾼들은 아무래도 악보를 들이댈 테니까
　자작나무, 참나무, 박달나무, 붉나무, 단풍, 솔,
닥, 시간을 두고라도 빛깔로 여는 처음의 소리! 악보
보다 먼저지 강 건너 먼 산 갈피갈피 초록 단행본 하
나 엮어내겠다고 한다

모래 밥상

　강줄기는커녕 모래 한 삽 보태줄 냇물도 없다 순전히 모시조개들만의 눈물이다 제 속에 품어 키운 진주알을 쌓은 모래언덕인데 그 조개를 먹고 사는 마을 사람들은 사반이라고 부른다 모래가 차리는 밥상이란다

　명사십리*가 겨우 십 리만 될까 푸짐하니 구시포지었으니 밥상은 참으로 옹골진 밥상이다

　해당화 꽃잎 한 장 붙들고 모로 또 모로 행주 치는 민꽃게 서두르지 마라 한다 건너 가막섬 프로펠러 소리 봄까지 눈 내리던 나라의 공주님 잔치에 오셨는가 본데 글쎄 뜸 들이는 아궁이 자작거리던 불담이 조금 걸린다 국솥에 친 달빛도 좀 그렇고

　차려낸 밥상은 미리내에서 보내온 것들로 채웠다 밥상 밑으로 노랑 모시조개 편곡에 들었다 내지르는 추임새, 그 질펀한 미리내 소리판이 흥을 돋울 터이다

* 전북 고창군 상하 해리, 심원을 잇는 모래 해안.

13

뒤꼭지에 딱따구리 굴집을 지을 때

벚꽃 한 송이 피어난다
가지도 내지 않고 옆구리를 터친 게다

　지난해 뒤꼭지에 딱따구리 굴집을 지을 때 알아봤
어야 했다. 아니다, 그 딱따구리 지분대기 전에 건넛
산 소나무 주춤주춤 다가서지 않았더냐 가락이 조금
늘어졌다고는 하지만 그래도 밤을 새우는 데야 솔이
지 저 꺾어진 팔꿈치를 어깨춤이라고 보아주기는 좀
그렇다
　저 하는 짓 좀 보아, 머리 한 가닥 귓바퀴 뒤로 쓸
어 넘기고 눈치는 무슨 눈치, 건넛산이 또 무어라 내
어지른 거 맞지?

　꽃봉오리 밀어낸 삿자리 는개를 감아댄다
　아침 골짜기에 자욱한 미리내 구음을 덧대 감는다

채송화

키가 없어 손톱까지 다 끌어서 마무리해내는 채송화 순색 무언극을 보았다

칭얼거리며 왔던 그리움의 장은 잘 넘어갔다 고해의 성 한나절씩 목련꽃 떠난 자리만 올려다보고 그랬다

딴청 부리며 오던 첫 경험은 어쩔 수 없이 대역인 셈이다 옆에 있던 봉숭아를 붙들고 통사정인 걸 어쩌랴 이것저것 다 불 싸질러 봉숭아는 배꼽까지 뜨거운 숨을 끊어 쉬었다

봉숭아, 쇠방울을 다 추켜들었다

반딧불이 떼 지어 오르는

어느 혜성에서 오는 얼음 조각이냐
반짝반짝 우표 한 장씩 입에 물고 내리면

구천동 골짜기에 물안개 자욱하고
반딧불이 불 밝히고 떼 지어 오른다

곰아 곰아

다람쥐는 곰이 걱정이다 무엇을 따라한다는 것부터 문제였다 이것저것 마구 먹어치울 때부터 무슨 사단이 나지 싶었다 백일 금식 참회에 들어간다는 것은 더 문제다

도토리 하나 받들고 찾아가보았다 햇빛 달빛 한 솔기 들지 않는 바위 굴속 눈도 뜨지 않았다 물도 먹지 않았다

미련하게 바위보다 힘이 센 것부터가 보기 싫지만 하는 수 없다 모아둔 갈참나무 도토리 창고를 헐었다 힘들지만 묵을 쑤고 묵국수를 만들었다 가지 끝에 감긴 바람이 국수 말리는 일을 도왔다 다람쥐야 오독오독 방아나 찧었지만 올깃쫄깃 맛은 밤새워 흐르던 물소리가 도왔다

긴 잠에서 깨어나는 날, 고로쇠나무 등걸을 죽죽 긁어대는 날 고로쇠물에 말아내는 묵국수 해장국

달라붙은 속 함께 달래자 곰아

바람광장

　바닷가 언덕에 공원을 차린 것은 호반새였다 건너
바다 기벌포 솔씨를 물어다가 심었다 황하가 쏟아내
는 흙탕물에서 모래를 퍼올려 북돋우었다

　호반새와 매미는 가끔씩 딴청이다
　호반새 자주자주 구름 속을 다녀오면서
　한바탕씩 빗줄기를 끌어오는데
　동백정 매미는 질겁으로 악을 써댄다
　그중 목청이 큰 매미
　펄럭이던 장마도 거두는 매미다

　이윽고 적막에 드는 바람광장*, 짱뚱어가 잔기침하
는 바람을 끌어왔다 새우 떼들이 일으킨 소살 바람이
다 언덕 한 모퉁이 젖은 바람 한 무리는 참조기 무리
소란을 피운 것이란다 소나무가 줄에 널었다

　광장에 바람개비 몇 세울 때는 호반새 쪽빛 댕기를
풀었다 매미는 투명한 날개 몇 장을 내어놓았다

　* 전라북도 고창군 심원면 명사십리 입구에 있는 공원.

꿩밥

산의 꿩이 춘란 한 촉을 보내왔다. 꽃대궁으로 밥
을 삼는 꿩, 밥 한 톨이 방 안을 그윽하게 한다. 맑은
향으로 꿩 골짜기의 새벽을 열고 푸른 이내를 몰고
다녔을 터이다.

먹물을 듬뿍 찍어서 흰 눈밭에 심었다. 아무래도
난 잎은 산을 쩌렁하게 울리던 꿩 울음의 푸른 서슬
이 제맛이다. 허기진 눈밭을 어지럽게 헤매다가 꽃밥
을 만났을 터이다. 뼈 하나로 찬 하늘에 꽃대를 밀어
올리는

꽃밥

밥사발이다, 흰 이밥 고봉으로 잘 다독인 밥사발,
풀 쥐어뜯으며 배앓이하던 언덕
　꽃 이파리 땅에서 뽑아 올린 빛깔이더냐, 밥 냄새
어디 하늘에서 내린다더냐 허공중에 차려내는 이밥

　도화지에 그대로 퍼다 붙여두고 싶은 꽃밥

　한 논배미 비워내면 밥이 나오는 근본은 안다 짚신
짝 툭툭툭 털어낸 흙이 산이 되었다는 신털미산, 꼴
보기 싫어도 꼭 한 번은 먹고 싶은 고봉밥 그 허기진
흙밥 숟가락 다독이던, 두 번 세 번 다독여 뜨는 삽질
숟가락

　제 밥그릇은 안다. 제 밥그릇 꼭 있는 줄은 아는 농
투성이, 을미적을미적 제 밥그릇 속으로 모여들던 갑
오년 구시내, 구시말, 구시포*가 이 땅의 큰 밥그릇
아니던가

수북수북 이어지던 이팝꽃, 쇠죽 끓는 가마솥

* 구시: 구유의 방언(마소나 돼지 들에게 먹이를 담아주던 그릇).

서울 아까시꽃

아까시꽃이 말이 많아졌다 서울 온 지 얼마나 되었
다고, 억억억 무엇이 불편하긴 불편한가 보다 견마잡
이로 함께 온 이팝꽃 악악악 딱히 무논의 개구리가
그리운 것만은 아닌 성싶은데

어제는 늙은 소나무 하나 거푸집에 이리저리로 묶
여 오는데 뉘집 선산에서 오는지 대꾸도 안 했다 엄
지손가락 혈자리 따고 침 잘 놓기로 소문난 그 소나
무! 맞다 허리 굽은 것이나 황새 둥지 튼 자리까지

그 소나무 맞는데 그냥 지나쳐버렸다 아파트 딱지
붙이러 가는가 본데 그 생각을 못 했다 속 좀 울렁대
도 이쯤 나았는 것이 바람길은 좋은데 안심찮다 안심
찮다

제2부

소나기성 그리움

통통배에게 날개 하나 달아주려는 바다에게
소나기성 내 그리움도 통통배나 치르는 홍역 같은
것이냐 넌지시 물었다

연두에 보랏빛 바람 구름을 덧대던 중이어서
버릇이지 못 들은 척 또 뚱딴지로
연기나 뿜어 보내려나 했는데

이냥 대답이 없었다

거친 숨을 토해내면서 힐끗 눈을 주는

짙푸른 해안으로 소금꽃이 피어나고 있었다
태양은 금침 가방을 챙기고 있고

팽기꽃 뒤뚱뒤뚱 피어나는

산호섬 있지! 바닷속 태풍의 산호들이 제 꽃잎 하나씩 따다가 지어놓은 섬. 해마다 제비들 보내주는 산호섬! 밤으로 미리내 불러다가 그윽하게 찰싹거리는, 바닷속 산호꽃 피워내는

서해 명사십리 있지! 해당화 붉은 모래언덕은 빙하기를 펼쳐 보이지. 할아버지보다 큰 공룡 발자국도 보여주고 작고 귀여운 삼엽충들이 세모의 관을 받들어 언덕을 만들던. 그리하여 두셋씩 얼싸안고 오늘은 붉은 해당화 피어나는

팽기*야, 얼음산 무너지는 소리로 우는 새야. 날개 다 잃어버리고, 언 발등에 알을 받아내는 새야. 얼음산을 다 부수어 어린것들 받아줄 얼음성이라도 지으렴, 너를 꼭 닮은 팽기꽃 뒤뚱뒤뚱 피어나는

* 할머니가 부르시던 펭귄의 이름.

광장

거기에 있어야 하네
숲이 제 배꼽께에다 옹달샘 하나 놓듯이
광장은 거기 샘으로 솟아올라야 하네
바람 부는 날에도 비 내리는 날에도
누이의 손을 꼬옥 쥐고 건넜네

바다는 바람을 일으키고 말지만
바람은 스스로 중심을 세우며 가고
해일은 다시 새 보습을 번득이지 않던가

새벽바람을 감싸 안는 촛불로 누이는
한 아름씩 흐느낌을 묶어내었네
새로 피는 꽃말들을 꿰고 있었네

넘실거리는 밤바다
나직나직 일러주었네
'누이는 지금 목이 마른가 봐요'

소리판

거칠고 사나운 바람을 골라
제 소리로 다듬어내는 솜씨라니

뿌리까지 흔들어대는
성깔 있는 바람이라야
길들이는 맛이 나는 거지

탁, 하고 무릎 치고 눈 크게 떠서
우선 그놈 기를 눌러놓지

제 소리도 못 듣는 귓바퀴부터 비틀고 코빼기를 잡
아 흔들어 숨을 트는 데까지 ─

숨을 터서 북장단을 타는 데까지

부채를 펴 들면서 얼쑤!

한 중심으로 박아 넣는 거지

보게나, 회오리로 감기다가 바람은 벌써
허공을 한창 쳐 오르지

나비는 꿈을 나누지 않는다

나비는 꿈결로 나래 쳐 간다
나비 수업인 듯 꿈결을 나래 친다

꽃잎을 메고 꽃의 한가운데
꽃가루 속을 더듬어 더듬어서 간다

바람 맞받아 상처 입지 않는 꽃처럼
바람의 이랑 사이를 이랑이랑

이승과 저승을 바꾸어 산다는
인도에는 가보지 않았다만
가난도 아무렇지 않게 다독이면서
꿈속도 지상도 나누지 않고 나는 나비야

봄날을 지어서 봄 날개를 지어서
나래 쳐 꿈속을 이어가는구나

라면을 먹으면서

말년 병장 한 달은 이걸로 살았지
소주 먹고 해장 꼬불꼬불한 속
쫙 펴주던 전방 취사장 아궁이
날아드는 불티야 양념이지! 가려내기는
면발부터 먹어야지 너무 퍼지기 전에
밤낚시 다니면서 또 알았지
씨알은 무슨, 입질도 없는
개밥바라기, 거기다 끓이는 거지
목줄기를 타 내리는 라면 국물
소주는 그다음이지 신김치가 없어도 좋은
월척은 이때를 노리는지도 몰라, 그렇지
형광 찌를 한 뼘쯤 밀어 올리지
그리고 팽팽하게 빨아들이지
국물 후후 불어 마시는 동안

담양 가는 길

사관학교 생도 대장을 했다는 김 소위
그 사람 전방 포병부대에서 만났지

연필로 쓴 편지를 보내는 누이가 예쁜

유능한 장군이 나기까지 사병 몇백, 천은
죽어야 하는 거야
나는 죽순처럼 서서 비를 맞는 초병

메타세쿼이아 줄지어 가는 도로 끝
위장한 트럭이 꼬리를 사리고 가는
남도 오월의 담양 어디가 집이라 했지

별 쏟아지듯 조명탄 내리는 벌판 한가운데쯤 눕고
싶고
망월동 아니라도 비 오는 위화도가 자꾸만 생각이
나고

연필로 편지를 쓰듯이
화려한 화려한 외출을 꿈꾸었지

갈매기 치는 길동이

주흘산 칡넝쿨 무단히
전나무 감아 오르다 코 벌씬 웃은
칡꽃 속셈 아무도 모르지

개망초 한 떼기 달빛 쓰러지던 만큼
여기저기 피어서
넓혀놓는 땅 아무도 모르지

쥐면 한 손, 두 손, 꽉 차겠다 싶은
젖무덤 눈 지그시 감아 재어보는
뱃멀미, 뱃멀미, 아무도 모르지

길동이 주흘산 산채를 떠나가서
동해 독도 갈매기 울음에 한 박 한 박 넣는
추임새 아무도 모르지

세한도

　사립문도 없는 집에 늙은 소나무 삐뚜로 기대어 서
서 오름 이야기를 한다 바람결인듯 바람결인듯 동창
을 기웃거린다

　오름 시늉하며 기침 투정이다

　산작약 한 마디 자줏빛 꽃자줏빛 새끼손가락 한 마
디쯤이나 밀어 올렸는데 바람 끝이 좀 그렇지요?
　바닷바람인데 언덕 아래까지 내려보낸 엉겅퀴 순에
연신 혀 차는 혀 차는

무지개

우리 할머니가 보내주신 약속 하나
기척도 없이 내 이마에 걸렸다

구름 너머 한 보따리

빨강
노랑
파랑

할머니 귀엣말이 환하게 번진다

하늘가에 작은 배 하나
돛을 올리고 있다

느닷없는 풍경 하나

돌개곶 파도에 건넛산 절집 풍경 간간이 추임새 보
내면서 펼쳐 보이는 한낮 해찰하며 건너 온 바람이
딴청을 부리다가 새침하면서 적막으로 끊어내는 참
뜬금없는 풍경 하나

쑥대머리 구신 형용.

돌담에 내려앉는 감나무 그림자 못 견디겠다고 허
리를 꺾는구나 감나무 겨드랑이에 간지럼을 먹여댄
게다 백제 담로쯤 아직 머물고 있는 바람이 그런 짓
을 잘하지 느닷없는

초막

한 권 시집이 이만 할까
강의 짙푸른 갈피갈피
산작약으로 피어나는 새소리 하나까지
한 박자 반 박자 힘을 주면서
잘도 차려놓았다, 정남진
삐쫑새 무단시 텃세라도 해오면
소설 쓰던 이청준이 내 형이라 우기고
정남진에 초막 하나 지으리
청준 형이 마저 쓰지 못한 엇박자
더듬더듬 짚어나가면서, 얼쑤!
호박잎 풋국, 호박잎 풋국 한 솥 끓이고
내 누님이랑 조카들도 불러오리

삐쫑새

쪽빛 꼬리를 내젓지
조금 느슨한 듯 반 박자씩
초록의 실금 눈가에 찔끔 비다듬고
훔치고 싶은 선홍의 꽃댕기 삐쫑
눈치껏 삐쫑 없는 볏 한번 세우고
삐쫑, 흉내는 무슨

삐쫑, 어느 흐린 날 창밖에 얼기설기로
나뭇가지를 삐걱이며 비라도 불러대기 시작하면
삐쫑새 쪽빛 꼬리를 내젓지
조금 느슨한 듯 반 박자씩
뒤에 대고 삐쫑

제3부

은백양나무 숲

은백양나무 숲에 달빛이 먼저 자리를 잡았다 은빛
가지들이 수정 기둥 하나씩 붙들고 서둘러 수정궁을
지었다 은하를 이끌어 찰싹거리게도 했다 은빛 물비늘
이 대금의 마른 속을 적시고는 가야금 줄 하나 조였다

수정궁에 돛이 올랐다 바람이 돛을 점검하는 땜땜
은빛 부리들이 돋아났다 부리들이 물비늘 하나씩을
물고 강줄기를 건너고 있다 바쁘게 공주를 맞으러 가
나 보다 일제히 편경 소리 편종 소리 음을 잡아간다

자국눈

지모밀* 언덕 위에 창을 내고 허공을 들이었네, 멎었던 눈이 먼 길을 돌아 먼 길을 돌고 돌아서 창가에 이르고 있었네. 창백한 백제의 왕후께서 수정발을 걷고 흰 눈송이를 맞이하고 있네

'선화 공주님은 남몰래 시집가놓고'** 마동을 따라나선, 끝내 적국의 공주였네*** 바람에 맞추어 몸을 드러내면 물속에 달이 비치고 있었네, 달 속에 바람이 스치고 있네 그 지독한 사랑의 향기 가람에 모셔야 했네

낙랑 땅에는 자명고가 있었다는데, 신라 땅에는 대피리 있었다는데,

지모밀 사람들 금막대기를 들고 나왔네, 쓰고 있던 모자를 벗어 던지고, 아낙네들 귀의 귀고리도 거울 속의 족집게도 다 들고 나왔네
'우리 백제 왕후께서는 좌평의 따님으로 사택적덕

좌평의 따님으로'**** 창밖으로 나직나직 자국눈 날
리고 있네

      * 진표율사가 "나는 지모밀 사람이다"라고 한 것으로 보아 백
       제의 수도와 관련이 깊은 것으로 보인다.
     ** 「서동요」 첫 부분.
    *** 미륵사지석탑의 사리봉안기.
   **** 미륵사지석탑의 사리봉안기.

백제금동대향로

코스모스가 잠자리 날개옷을 빌려 입었다 지평선
축제에 가려나 보다

황금이 언덕처럼 쌓였다던 지모밀 옛날에도 이랬던
가 보다 지평선 끝까지 넘실거리는 황금빛 서동이 지
은 노랫가락 선화공주는 남방 담로의 배소* 완함**을
즐겨 탔다지? 북소리 피리 소리 뒤따르며 악사들이
오른쪽 머리를 매만지며 나온다

억새가 은빛 햇살로 모자를 접어 가마에 씌워준다
선화랑 함께 편지를 끝낸 마동이 젯등***을 넘으려는
것이지 노을을 사르고 따라나서는 허수아비 몇 붉다

* 남방의 악기로 대나무를 잘라 만든 관악기. 백제금동대향로에
  새겨져 있다.
** 남방의 악기로 현악기. 백제금동대향로에 새겨져 있다.
*** 완주군 제내리 소재 언덕. 황제가 와서 춤을 추었다는 낮은
    언덕.

꽃관

봉우리 봉우리들이
눈보라 한 솔기씩을 펄럭인다

깃발 하나씩 숨이 차오르면
숨이 차는 자리마다
동백꽃 동백숲을 놓는다

대바람 한 무리 농묵으로
솔밭 하나 무겁게 눌러놓는다

멧돼지 저놈 줄행랑치다 말고
바윗덩이 하나 궁글린다
바위 밑으로 굴 하나 내고 싶은 게지

가시덤불 까치밥 붉은 열매
꽃관 하나 서둘러 만들었다

지모밀 하늘 아직 그 빛깔이지

파스텔 한 다발 묶어서
하늘을 부벼 부벼대고
갈대 한 무리 외딴길에 서 있다

접어준 엽서를 물고 날고 있는 거겠지
노란 부리로 달큰한 뿌리를 간질이면서
배소를 잘도 연주하던 새 떼들

찰싹거리며 파스텔빛 강줄기 따라
휘파람 휘파람을 부는 뱃머리
공주님 만나러 가겠지

지모밀 하늘 아직 그 빛깔이지

꽃소문

손수건이라도 매어줄까
땀이라도 닦아야지

사자암* 내려오는 어슥새 내리막인데
바랑은 항상 저리 짊어지지
지모밀 언덕을 말 잔등쯤 여기고 있는 거지

꽃편지는 선화공주 쓰신 것 맞지?
풀풀풀, 하늘에 번지는 꽃소문

소리 지르며 지르며 저기
논둑을 좇아 올라서는 건 미루나무 맞다

치닫는 말발굽 소리 들은 거지

* "무왕이 부인과 함께 사자사에 가려고 용화산 아래 큰 못가에
  이르니 미륵삼존이 못 속에서 나타나므로"(『삼국유사』) 대목
  의 지명법사가 머무르던 절이다.

손을 놓다

나무를 떠나는 은행잎이 하도 고와서 바람을 타고 가라고 쓸지 않았네

새잎을 터뜨리면서는 환한 봄볕 맞느라고 눈을 깜빡거려쌌더니 여름내 이 층 창가를 지켰네, 한 발짝씩 다금하면서 새 노랫말을 지어서는 가로등이 켜지기를 기다리었네 무대 옷을 몇 번인가 갈아입고, 갈아입었네

"잠깐요, 잠깐만요, 거기 반음만 힘을 주어요."

거리의 흐르는 자동차 바퀴 소리에 박자를 넣는 푸른 허밍코러스

"이번 은행잎들이 작았지요? 책갈피로 넣기에는 조금 그래요."

내리는 비가 적을 것 같아서——밑둥 깊은 우물을 지켜야 했어요——잎을 작게 피워낸 것을 미안해하고 있네 잡은 손 슬며시 떨구고 있네

은행나무들의 축제

둘이서 마주 안아야 손가락 끝 닿을 듯 닿을 듯하는 늙은 은행나무, 향교 명륜당 교수은행나무에 손목 잡혀 은행나무 축제에 나섰습니다.

빙하기를 건너는 행렬이었습니다. 편경 소리가 하늘빛을 무겁게 하는가 싶었는데 아! 번쩍하는 순간이었습니다. 얼음 창날이 부서졌습니다. 어디서부터랄 것도 없이 쏟아지고 있었습니다.

잎사귀들이 찢어지는 것은 새 떼가 날던 장면이었군요. 은행잎들이 우두둑우두둑 검은 포도 위를 뒹굴었습니다. 그날의 새 떼들처럼 울음소리도 없었습니다.

창가에 자리를 마련했어요. 어디까지 따라가시려고요. 하나둘 등이 켜지고 있잖아요

대바람 소리

거친 숨소리부터 잡아
잡아내서 칠흑의 한밤
잔등 너머로 내치는 소리 들렸다

소금 전 비밀 같은 것
풀어헤쳐서 헹궈내는가 보다

댓잎 날을 세워서 갈라내고

비워내 정갈한 울림으로 시침해내고

강줄기에 댓잎 쳐
바람 길을 열어주기까지

푸른 연어 떼의 은빛 함성
절로 악기가 되기까지

쑥부쟁이

아침나절 안개비가 쑥부쟁이 만나러 산을 내려왔다
잎 진 가지에 말을 걸고 개울 건너 빈 논배미 벼 벤
그루터기를 공공* 잘근댔다

바위를 붙안고 사는 청태가 쑥부쟁이 꽃받침에 울
컥울컥 초록을 받쳐주었다 달빛 함께 비벼서 꽃 빛깔
을 안쳤다

흰 서리 언덕 하염도 없이 가을을 떠나보내고 있었
다 휘파람새 운다고 무단히 앞개울 뒤 언덕 울어댄다
고 큰숨 한 바람 꿀꺽 삼켰다

* 정종명의 소설 「사자의 춤」── '공공 짖었다'에서 빌려 왔음.

제4부

주름 비단

딴짓하고 오는 비가 모과나무 등걸에 무단히 투정
이다

'툭 하고 떨어지는 한 소리가 있지'

돌아가신 작촌 시인께서 창가에 심어보라며 모갯덩
어리* 어렵게 싹을 내어주신 나무다. 끈적한 투정쯤
받아낼 만큼 자랐다 모갯덩어리 향이 깊다 젖은 모과
나무 등걸이 비단 주름보다 곱다

봄비 휘감고 모개나무 오늘은 낭자한 낭자한 길 나
서고 싶은가 보다

* 울퉁불퉁 제멋대로 생긴 토종 모과.

풀피리

꽃잎 하나 따 물면
개똥밭 자갈밭도 이승이지

깃발 쳐 물오른 새 풀잎
금엽이 색시는 제일 이쁘지

하늘을 여는 꽃봉오리
천의 나팔 소리를 모아서

언덕을 출렁거리는 금엽이 풀피리
뒤채이면서 숨소리 한 보따리

금엽이 색시는 하염도 없지
풀잎만 물고, 풀잎만 물고

실뜨기

여기저기 터내는 길목마다 환호다
얼기설기 꽃봉오리 사잇길로 잘도 빠져나가는
꽃잎 위에 나래를 펴는 나비

접었다 다시 펼쳐내는 하늘이 이랬다저랬다 한다

새끼손가락 끝에 걸어내는 노루목
고라니 한 마리 산등을 넘는가
머리를 쳐들고 뒤를 돌아보며 삼키는 숨 한 모금

순아 걸어둔 무명지의 실을 벗겨라
네 생일날 길게길게 뻗치던
유성이다, 받아보아라, 받아보아라
초신성의 별밭을 보아라

자꾸자꾸 나비가 피어나고
접었다 펴질 때마다 별이 떴다 진다
맨 처음의 처음이 반짝인다

감나무 시

달빛 듬뿍 찍어
창호지에 물오른 감나무 가지

감꽃 떨어지던 봄밤의
바람 감기던 거기
가지째 뚝 끊어지는데
익어가는 진양조의 오리발 시리게 누르고
기러기 몇, 하늘에 그림자를 새긴다

먹을 갈아 갈아
깊어가는 밤 추적추적 걷어다가
까맣게 굵어지는 감나무

물꽃 물의 꽃

청진기를 둘러메고 눈발이 내려서자 숲은 알몸으로 드러눕고 말았다 덥석 쥔 지난 여름밤의 젖가슴도 그냥 드러내었다

청진기를 타고 아스라이 새 새끼 울음이 전해 온다 비취새 소리, 머슴새 소리, 할미새 소리로 엉켜진 실타래다 찢어지는 소리다 파장이다 지난여름은 파장이다

보랏빛 칡꽃이 허벅지에 최음제를 뿌리고 왼쪽으로 도는가 했는데 허리춤이 강그러진 것이다 혼미해지는데 덮쳐온 놈은 칡꽃 몰래 오른쪽을 틈타던 등꽃이다 그놈이 안고 핥던 목 언저리는 회복이 어려운 상태, 진단서는 '칡 갈'에 '등넝쿨 등', '갈등'이라고만 적었다

청진기를 내려놓는다 구름 끝에서 하늘 너머에서 메고 온 청진기를 내려놓는다

이윽고 천애에 자욱한 물꽃, 물꽃, 물꽃, 구석구석, 한 켜 두 켜, 얼음 찜질부터 넣는다 강줄기 들이대봐야 무슨! 강줄기도 찜질을 받고 있다 비로소 물꽃, 물의 꽃은 첩첩 바리케이트 순백의 링거를 들었다

솔바람 소리

조선의 솔밭은 바람의 기운을 짚어준다. 거칠어져서 막히고 맺힌 데 뚫어주고 풀어주고 하는 것이다.

솔밭에 드는 바람은 더러 소리를 하는데 그 소리를 댓길로 친다. 바람의 맥을 짚어내는 소리다
어제는 들녘 바람이 숨을 들이마시고, 내쉬고를 몇 번 거듭하고는 벌컥 눈물을 쏟으면서 몸을 뉘어버렸다
솔밭 어귀부터 머뭇거리던 바람이었다

"그렇게 괴로우면 괴로워하세요"
황토 언덕보다 더 붉은 조선솔
금침을 꽂아 넣은 모양이다

누구 들을라. 고래 한 마리 떠나보내고 달려온 동해 바람도 기름투성이로 들이치던 서해 바람도 이렇게 벌겋게 울음 울지는 않았다
감도 굵고 고추도 잘 익었다는데 —
타작마당, 들녘 마당이 서운하던가

저 태어난 땅을 모르고 사는 제비야 제비라지만,
얼룩빼기 누런 송아지도 떠나버린 땅, 하얀 민들레
꽃씨 하나 받아내지 못했다던가 홰치던 닭 울음소리
하나 지켜내지 못했다던가—

골짜기를 빠져나가는 솔바람 소리 북바위에 가려나
보다

연이 돌아왔다

　개구리 한 마리 앞세우고 무장성(城)* 연이 돌아왔
다 집 나간 지 백 년이 넘는다 쇠피리 소리 들리고 죽
창 울렁울렁 멀미할 때 여시뫼 여시 울음에 쫓겨나던
발길이었다

　악마의 성 사할린 개구리는 못 간다 만주까지 뛰었
다가 후쿠오카 형무소로 갔다 점잖은 조선인 청년 하
나 생체 실험 주사를 맞았다

　간수에게 미소를 주던 시인**
　입을 벌리려고 안간힘을 썼다
　무슨 소린가 하려고 입을 열었다
　입을 벌리고 있다가 이내
　고개를 떨구었다

　더는 볼 수 없어 비행기에 오른 것이 직지대모***를
만났다

프랑스 국립도서관 찾는 것은 불국의 거미가 거들었다 내친 김에 별관 창고에 뛰어들었다 불국 거미가 은실로 묶어둔 궤, '외규장각 궤' 소리 한 번 지르고 도서관에서 쫓겨났다

도서관 비밀 발설죄라 했다

떠돌 만큼 떠돌고 돌아왔다 연잎 밑을 파고드는 개구리 동그란 눈 물속으로만 뛰어든다 성벽 헐어다 메운 우물 개구리 혼자 다 치웠다

* 동학의 기포지. 사발통문을 성문에 내걸었다.
** 후쿠오카 형무소의 간수가 일기에 적은 글이다.
*** 직지를 찾아내고 활판본의 역사를 밝혀낸 역사학자이자 서지학자 박병선.

선운사 꽃무릇

바위를 뚫고 올라오는 꽃대궁
선운사 골짜기를 벌겋게 굽이치는
불길 도도한

1.

미당의 스승 석전*은 종일 절문을 열고 앞마을 종의 자식을 기다리시는데 미당은 내쳐 타령하는 친구들과 한 타령으로 가는 거라 선생은 거기로 쫓아가 그곳에 학교를 지으시고는 더는 못 도망가게 그 대학의 종으로 삼는 거라

2.

백파**와 완당은 머리 쥐어뜯으며 줄기차게 편지 싸움을 해댔는데 완당의 귀양살이가 끝날 즈음해서 백파는 절 앞 나무 그늘에 완당의 키만 한 벼룻돌로 누워서 기다리는 거라 뒤늦게 쫓아온 완당 반듯허니 누워 있는 벼룻돌을 끌어안고 한 몸으로 끌어안고 먹으로 가는 거라

3.

백제 적 선운사 골짜기는 도둑 떼들의 소굴이었던 것 검댕이 선사*** 도둑 떼들을 바닷가에 몰고 가서는 참나무 장작 잉걸불만 사르시는 거라 몇 날이고 숯덩이가 희어질 때까지 사르는 거라 비로소 바다는 반짝반짝 검댕이들 웃는 이빨의 하이얀 소금을 내어주었던 거라

* 미당의 스승이며 선운사 문중의 큰스님으로 동국대학교 전신인 불교강원 설립자.
** 선운사 큰스님으로 완당과 오랫동안 편지글로 사귀었다.
*** 검단 선사, 선운사 창건 주지, 소금 굽는 일을 보급했다.

고도리 부처님 말씀

고도리 돌 부부상, 섣달그믐 지척 분간 없이 다 지우는 눈보라 속에서 만나는 백제 부부를 역사책은 부부라 적지 않고 '부처님 가운데쯤'이라고 했다는데 언젠가 그들이 말문을 여는 날이면 그것이 부처님 말씀이라는 것.

어렴풋이 들었다고 하는 이야기는 산둥반도 말씀도 같고, 요동 땅 걱정도 같고, 대마도 사투리쯤의 그림자도 없는

'입추운—' 하면서 허리를 굽히고 생강나무꽃 살피는 걸 보았다고도, '입추우—' 하면서 말복날 바람한 채반 뒤적거리는 것 똑똑히 보았다고도, 부처님 가운데쯤으로가 아니라 입술이 터져라 부비더라는 숭헌 소문에 이른 것

때가 이르렀다 어둠을 나누고 떡을 나누었다 살을 나누었다 징그러운 종살이도 나누었다

68

추신

동물원 뒷담을 돌아서는데
쩌렁하니 지리산 천왕봉까지
번져가고 있는 처연한 무지개

경중거리면서 위문편지를 받아먹던 기린 솜씨다 내
말은 들으려도 않고 꼬리를 곧추세웠다 사라져버린
꼬리 찾아나선 것 잘 알고 있다고, 혼잣말처럼 그쯤
눈치로 아는 일 아니냐면서 구름 과자 한 조각을 건
넸다 부끄러워 마시라며
　한 뼘 남은 꼬리를 또 흔들었다

일곱 빛 선명한 그림엽서
뛰고 닫고 물어뜯어도 홀연히 사라져버리고 마는
초원의 소리라는 추신은
마침표도 없다
채이면서 그렁그렁 흐리다

우표청 여자

시물강* 다리목을 지키는 여자는 우표청에서 나온
여자다 지난봄 닥나무에 잎이 피지 않는다고, 어린이
날이 코앞인데도 잎이 피지 않는다고 종이의 날** 축
제에 비를 뿌려댄 여자다.

시물강 두루미 시물강 떡납줄갱이가 장난을 청해도
대꾸가 없다고, 어제는 강물을 타는 낙엽이 말아 쥔
햇살을 한 줌 퍼주어도 모른 척했다고 적었다 여자는
두루미 발목에 붙여줄 우표 한 장 주문해놓고 고민에
들었다

갈잎 소리 한 소절 그려달라던 기러기가 더운 커피
한 잔을 보내왔다 커피 따르고 가는 자전거는 우표책
갈피갈피 노란 우표를 푸루루루 몰고 갔다.

---

* 만경강의 윗머리 물줄기, 추천대 앞으로 넓게 흐르는 강.
** 전주 종이축제 행사의 하나.

丁石*, 石假山**

스스로 돌이 되어 산을 품었다 다산은 지그시 눈감
으면서 차를 우렸는데 수염만 다듬고는 다산을 잉어
는 거짓산이라 했다

두 자 넉넉한 수염을 달고 귀양길을 따라 나선 잉
어다 아침 한나절 높새 한 바람을 마른 하늘에 주문
한 것은 일기를 걱정하는 다산을 생각해서였다

밟히고 무너지는 비탈길을 뿌리 다 드러내고 나선
나무들이 지켜내는 산, 눌리고 또 짓눌리어 뼈 부서
지면서 제 발등에 약수를 솟게 하는 바위인 줄도 모
른다 입술을 삐죽이는 잉어다

* 다산이 귀양지의 초당 옆 바위에 새겨놓은 글자, 바위 밑으로
차를 우리던 약수가 흘러나왔다.
** 초당 옆에 작은 못을 짓고 잉어를 놓아 벗을 삼았는데 못 가운
데 돌을 쌓아 석가산이라 명명했다.

제5부

꽃밭에서

햇살을 내젓는 꽃파람

첫돌 우리 이안이는
파람 붙들고 놓지 않는다

두 주먹 불끈 쥐고
소리를 내어 지른다

순간으로 산란을 펴 보인다

보리밭

겨울을 감 잡아내는 보리밭

얼었다 녹고 헐어 부풀어 오른 땅
지그시 밟아 부스럼 같은 것들
가만가만 땅바닥에 다독인다

땅 맛을, 땅 맛을 알아야 하지

발등을 덮어오는 황토 부풀었던 것들
보리밭에 보릿대로 나를 세운다

덧나지 말아야지, 잔등을 넘어
푸른 이내 마을로 내린다

워낭 소리

목매기송아지 한 마리
오늘 젖을 떼기로 작정한 것
눈길을 떼기로 작정한 것
불에 구워낸 느릅나무 가지에
눈 뜨겁게 굴리며 코를 내어 건다
한 생애를 코뚜레에 걸고
제 어미를 떠나려나 보다
제 어미 황토배기 언덕에
사진 한 장 걸어두고 갈 모양이다
어미 코끝에 워낭 소리 묶어놓고
아롱아롱 길 내어 갈 모양이다

회문산 아재

회문산 아재 산빨치인 것
아무도 모르지

논두렁 밭두렁 밤안개 어깨를 얽어
포위망을 좁혀왔어

바윗돌 삭정이 하나도
쥐새끼도 못 빠져나온다 하였지

코앞까지 좁혀들던 그믐밤 물 샐 틈 없는

다 버려라 손의 주먹도 발의 발소리도
얼음 사이 길을 내는 물소리만 들렸지

쌓인 눈밭에 발자국 하나 남기지 않았어
두려움 한 솔기 남기지 않았어

"다음 명령이 있을 때까지 각개 행동이다"

칡만 먹고 살았던 칡범

아무도 아재도 모르지

매실을 담그면서

"매실은 씨가 여물기 전에 따야 혀"

청매실을 깔고 푸근푸근
설탕을 덮는다, 그 겨울의 바람 모퉁이
설핏설핏 햇살이 웅숭그리고 있다

벌이라도 한 마리 얻어줄까
꽃잎 피워내며 꿀샘 자리
언제 날개 소리 한번 들려왔던가

설탕과 매실의 밀고 당기는 것이
바람 끝이며 시작 같은 긴장이다
팽팽함으로 가라앉고 다시 오른다

가지째 훑어 온 할매 매실 부대
유리 항아리 속 설탕 인제 설탕이 아니듯
빨릴 것 다 빨린 젖꼭지 이제 젖꼭지가 아니다

"매실은 다 빼내야 혀, 몰라 그건"

노을밭

불의 씨를 물고 몇 하늘을 날아

비로소 짐을 푸는

수천의 태양

갈대밭에서

펄은 들은 척도 하지 않았다

노을을 사르고 재는 쌓여
긴 밤을 또 까맣게 태우기로

펄은 처음부터 노을을 끌어안고
아랑곳도 안 하고 마른침 꿀꺽 삼키는

그것이 펄 울음인 것을

눈빛 서로 반짝이다 눈 꼬옥 감아버리면
노을은 더 붉게 나래를 폈다

우리는 그냥 둥지를 짓는 새
펄이 갈대 한 무리 불러다 도왔다

우렁각시 홍도

동백나무 숲으로 가리
귀 열고 있는 동백섬

전복 속에 다 쓴 편지
한 이파리씩 띄워 보내면

먼바다에 반짝반짝
수천 되오는 종이배들

뿔소라 속 내 그리움의
짙푸른 짙푸른 밤이 오리

우렁각시 그대 꿈속
해찰하듯 해찰하듯
자개농 동백 숲 비탈을 오르리

귀뚜라미 편곡

망측스러운 일이다 귀뚜라미 소리가 아니다 찌르레기 새끼인 것이다 울안에 둥지를 차릴 때부터 껄적지근했다 사당채에서 나온 울음 한둘이 들은 것이 아니다 귀뚜라미 야단법석 말이 아니었다

"포르르르 포르르르" 이건 찌르레기 날개 소리다 찌르레기가 사당 마루 밑에서 나오는 것 보았다는 증언도 나왔다 언성이 높아지면서 고양이 새끼라는 소리도 나왔다 산으로 간다 밥 얻으러 오지 않겠다며 떠났는데 사랑에서 고양이 눈 궁굴리는 것 보았다고도 했다

듣고만 있던 정주간 할멈 귀뚜라미가 눈썹을 곧추 세웠다 제 몸의 두 배가 넘는 눈썹을 세우는 것은 세상의 모든 음파를 멎게 하는 것 찬광의 큰 항아리 뒤에 숨은 꿀단지 반나마 휑뎅그렁 울림도 다 읽어내는 눈썹이다

주인집 할아버지 개울 건너 채마전까지 읽어낸다
풀숲에 쉬던 지게 발꿈치 무게까지 다 읽어낸다 할아
버지의 할아버지 잔기침까지 읽어낸다

쉿! 정주간 할멈이 긴 눈썹을 접었다

사당 귀뚜라미의 먹 가는 소리로 밝혀졌다 주인집
할아버지의 할아버지께서 학교 짓는다고 먹만 갈아대
던 그 가슴에다 사당 귀뚜라미 그대로 먹을 갈아댄 것

귀뚜라미 귀 밝다는 교과서 다시 써야 한다는 말에
는 펄쩍 뛰었다 시끄러운 자음군 모음군 단순하게!
다시 편곡을 해보라며 눈썹을 접었다

석화

자갈꽃이다, 돌이 피워낸 꽃, 물이 들어 벌씬하면
서 바다를 맞이하는 꽃

독꽃을 따 잡수시고 바다가 되어버린 스님, 목탁을
두들겨대면서 데구르르꽃, 데구르르꽃 피어나는 독
꽃, 독꽃, 독꽃

너럭바위 석화인 줄 알고 꼬챙이 들고 바위 벽에
초장을 들이댄 나는 하루 종일 배가 고팠다. 하루 종
일 배가 고파 바다를 다 뒤집어놓았다

파도가 쓰러져 넋을 잃고 내쳐 눕는 동안 비로소
피어나는 살꽃, 물무늬로 지은 자개 방의 굴 각시를
나는 탐했다. 우윳빛 어지러워 눈 감는, 눈 감는

석류

찢어지는 것의
찢어지는 아픔을 모른다

허공을 찢어 터뜨리는

타는가 목이 타는가
껍질째 우걱
씹어도 씹어도 불붙는

갈증

동백꽃
—— 할머니 백수연에

밤 깊도록 눈은 내려서 쌓이고
밤새도록 쌓이고 쌓이는 눈

눈 속에 동백꽃 아침을 여네

그걸 일러주려고 그 시늉으로
동박새 한 마리 눈길을 내고 있네

동박새 바알갛게 울고
동백꽃 상을 차리네

생명의 용틀임과 역사
── 진동규 시의 상상력

우 한 용

1. 백제금동대향로의 상상력

진동규 시인과 부여(夫餘) 박물관에 갔던 적이 있다. 백
제금동대향로 실물을 보고 싶어서였다. 백제금동대향로에
서 확인한 것은 백제 사람들의 꿈틀대는 생명력이었다. 진
시인은 백제금동대향로에 새겨진 물상들이 백제 법왕(法
王)의 초례청 장면이라는 해석을 내놓았다. 그 내용을 소
설로 읽어보고 싶어서 자료를 뒤지고 상상력을 덧대어 이
야기를 결구(結構)하는 동안 진 시인의 상상력과 내 발상
이 무척 닮았다는 생각을 하게 되었다. 그래서 그의 시에
도 공감하는 바가 컸다. 그 공감을 간단히 펼쳐 보이고자
한다.

이번 시집 『곰아 곰아』도 백제금동대향로에 새겨진 물상

을 제시하는 머리말로 시작하고 있다. 진 시인의 백제에 대한 각별한 애정을 확인하게 한다. 백제에 대한 진 시인의 애정은 멧돼지를 비롯해서 고라니, 원앙, 오목눈이를 살려내어 숲 속에서 굽놀고 뛰놀게 한다. 물고기들은 '은하의 물굽이를 넘나들'어 지상을 천상과 연결하는 상상력의 비상을 드러내기도 한다.

가히 '백제인'이라고 해도 좋을 만큼, 그야말로 백제를 '살아가는' 진 시인은 시간을 거슬러 백제 나들이를 하곤 한다. 백제의 가을 축제를 그리는「백제금동대향로」라는 시에서는 '지평선 축제에 가려'고, '코스모스가 잠자리 날개옷을 빌려 입'은 듯 바람에 살랑거리며 춤추고, '억새가 은빛 햇살로 모자를 접어 가마에 씌워준다.' 이런 가을 풍광을 배경으로 백제의 로맨스가 백제금동대향로의 부조물을 빌려 펼쳐진다.

황금이 언덕처럼 쌓였다던 지모밀 옛날도 이랬던가 보다
지평선 끝까지 넘실거리는 황금빛 서동이 지은 노랫말 선화
공주는 남방 담로의 배소 완함을 즐겨 탔다지? 북소리 피리
소리 뒤따르며 악사들이 오른쪽 머리를 매만지며 나온다
　　　　　　　　　　　　　　　　—「백제금동대향로」부분

서동은 노랫말을 짓고 선화공주가 악기를 타며 노래하는 장면은 악사들의 행렬이 받쳐주어 더욱 아름답게 그려

진다. 서동이 선화와 편지를 주고받는다면, 본문에 제시된 상황과는 연결이 잘 되지 않는다. 이 시의 끝부분에 '선화랑 편지를 끝낸 마동이 젯등을 넘으려는 것'이라는 구절은 허구적 서사를 개입해야 비로소 이해할 수 있다. 편지? 은밀한 고백을 듣고, 정겨운 제안을 받아 얼굴이 활활 달아올랐다가 마침내 상대방의 품에 안기는 사랑의 메커니즘 가운데 편지가 놓여 있는 게 아닌가. 그렇다면 지평선 축제에 시와 음악이 있고, 사랑이 무르녹는 서사가 펼쳐지는 것이라고 해야 옳다. 그래서 '노을을 사르고 따라나서는 허수아비'도 덩달아 붉게 타오를 것이 아니던가.

진 시인의 많은 시들은 이야기를 담고 있어서 읽는 사람의 서사 의욕을 부추긴다. 시가 서사 의욕을 불러온다는 것은 시를 이야기로 다시 읽어 짜면서 읽어달라는 요청이기도 하다. 「지모밀 하늘 아직 그 빛깔이지」라는 작품은 "파스텔 한 다발 묶어서/하늘을 부벼 부벼대고/갈대 한 무리 외딴길에 서 있다"는 색채 이미지로 시작한다. 그런데 그 뒤에 이어지는 내용은 서사를 다시 구성하지 않으면 이해가 쉽지 않다.

접어준 엽서를 물고 날고 있는 거겠지
노란 부리로 달큰한 뿌리를 간질이면서
배소를 잘도 연주하던 새 떼들

찰싹거리는 파스텔빛 강줄기 따라
휘파람 휘파람을 부는 뱃머리
공주님 만나러 가겠지
　　　　　—「지모밀 하늘 아직 그 빛깔이지」 부분

　새 떼들이 엽서를 물고 날아간다는 이야기는 동요에도
나오고, 편지를 전하는 비둘기 '전서구(傳書鳩)'를 떠올려
보더라도 어렵지 않게 이해가 된다. 그런데 '배소를 잘도
연주하던' 새 떼들이라면 문득 의아해진다. 앞에 인용한
백제금동대향로에 나오는 악기와 동물들을 연결 지어보아
야 내재된 의미를 알 수 있다. '공주님 만나러 가'는 새 떼
들이라면 공주는 또 누구인가 의문이 들지 않을 수 없다.
여기서 우리는 서동과 선화공주의 사랑 이야기를 백제금동
대향로와 연계 짓고 있는 진 시인의 상상력과 마주하게 된
다. 선화공주가 휘파람 소리를 내며 바람이 불어 가는 뱃
머리에서 서동의 소식을 기다리고 서 있다. 그 공주를 만
나러 새 떼들이 서동의 엽서를 물고 날아간다. 그런데 서
동과 선화공주가 사랑을 쌓던 데가 지모밀이라서, 둘의 사
랑이 그리움과 기다림으로 지속되는 동안은 그 '지모밀 하
늘 아직 그 빛깔'로 남아 있어야 한다. 농익은 사랑 이야기
를 시인은 압축하고 독자는 자기 방식으로 풀어 나가는 데
서 시를 읽는 묘미가 살아난다.

2. 생명의 대향연

표제작인 「곰아 곰아」는 동화적 발상이 두드러지는 작품이다. 동화, 특히 전래동화에는 신화적 시간이 살아 있다. 신화적 시간은 일상의 논리를 뛰어넘는다. 하늘의 별이 내려와 어느 아리따운 처녀의 가슴으로 들어가기도 하고, 나무가 하늘을 향해 기도를 올리기도 한다. 나무끼리 연애도 하고, 다람쥐와 곰이 한판 질펀한 사랑을 벌이기도 한다.

그런데 생각해보면 인간이라는 유기체가 생명을 유지하는 원리 또한 신화적이다. 이른바 메타볼리즘metabolism, 물질대사로 번역되는 그 과정은 가히 신화적이다. 아침에 먹은 콩나물무침이 핏줄로 흡수되어 내 호흡이 되고, 심장을 뛰게 하고, 돌아다니며 일을 할 수 있게 하는 것이다. 내가 이야기를 듣고 글을 쓸 수 있는 근원도 그 힘이다. 그렇게 본다면 나는 쌀밥이요, 미역국이며 묵나물이고 삼겹살이다. 나무와 풀이 나를 기르고 암소가 나를 노래하게 한다. 그런 세상에서는 논리적으로 갈라놓은 일상의 범주가 무색해진다. 다람쥐와 곰이 정분 물씬 풍기는 내외라고 생각해보자. 그래서 "다람쥐는 곰이 걱정이다"하는 구절을 음미할 수 있게 된다. 시 전체를 인용하기로 한다.

다람쥐는 곰이 걱정이다 무엇을 따라 한다는 것부터 문제였다 이것저것 마구 먹어치울 때부터 무슨 사단이 나지 싶었

다 백일 금식 참회에 들어간다는 것은 더 문제다

도토리 하나 받들고 찾아가보았다 햇빛 달빛 한 올기 들지 않는 바위 굴속 눈도 뜨지 않았다 물도 먹지 않았다

미련하게 바위보다 힘이 센 것부터가 보기 싫지만 하는 수 없다 모아둔 갈참나무 도토리 창고를 헐었다 힘들지만 묵을 쑤고 묵국수를 만들었다 가지 끝에 감긴 바람이 국수 말리는 일을 도왔다 다람쥐야 오독오독 방아나 찧었지만 올깃쫄깃 맛은 밤새워 흐르던 물소리가 도왔다

긴 잠에서 깨어나는 날, 고로쇠나무 등걸을 죽죽 긁어대는 날 고로쇠물에 말아내는 묵국수 해장국

달라붙은 속 함께 달래자 곰아

　　　　　　　　　　　　　　　　──「곰아 곰아」 전문

이 작품을 읽고, 진 시인에게 "이게 말이 되는 겁니까?" 하고 물은 적이 있다. 진 시인은 저어 거시기 망설이며 허허 웃다가 한다는 소리가 "쩌그, 즈들끼리도 사랑하니까!" 하는 것이었다. 나는 맞다 하고 손뼉을 쳤고, 죽이 맞아서는 시 이야기를 한참 했다. 사랑하니까, 하는 말이 예사로 들리지 않았다. 시인이 누구인가. 자기가 머리 위에 이고 사는 하늘이며, 발을 딛고 선 땅이며, 기억의 골짜기를 흘러가는 강, 의욕의 푸른 지느러미 퍼덕이는 바다는 물론 갈참나무, 여치, 지렁이까지 어느 하나 사랑의 대상이 아닌 게 없는 그런 사람이 시인 아니던가. 시인의 눈

으로 보면 자연은 생명의 대향연(大饗宴)일 터이고, 그 대향연에 다람쥐하고 곰이 정분이 나서 서로 위하며 알콩달콩 사는 건 너무도 자연스러운 일이다. 유전자의 넘을 수 없는 장벽? 상상력이 출중한 시인에게는 그런 장벽이 존재할 턱이 없다.

그리고 이 작품을 가만히 읽어보면 내가 곰이고, 그래서 다람쥐의 앙증맞고 사랑 넘치는 대접을 받으며 발바닥이 간지러워 데굴데굴 언덕을 굴러떨어지는 곰과 같은 호사를 하고 있다는 생각이 들기도 한다. 우리는 일상 가운데 메마르고 지친 몸과 마음을 위무해주는 누군가가 있었으면 좋겠다는 소망을 가지고 살게 마련이다. 다람쥐의 배려 속에서 긴 겨울잠에서 깨어나는 곰에게 '달라붙은 속 함께 달래자'는 제안은 어쩌면 이승에서 받을 수 있는 위안과 배려의 맨 꼭대기 요람 같은 게 아닐까. 그런 경지에 이르렀으니 동화면 어떻고 신화면 무슨 상관일 것인가 하는 생각이 든다.

이 곰을 「단군신화(檀君神話)」에 나오는 곰으로 상정해볼 수도 있다. 사람이 되고 싶으면 시키는대로 따르라는 상제의 말을 듣고, 쑥이며 마늘을 마구 먹어치운다든지, 금식을 한다든지 하는 것이 신화적 통과의례의 모티프들이라면 이 시를 「단군신화」 속 이야기로 못 볼 이유도 없다. 그 금식과 참회의 시간이 길어 오늘날까지 고뇌 어린 역사를 버텨내는 이 나라 사람들을 생각한다면 다람쥐는 존재의 한계를 넘어서는 어떤 초월적인 힘이라고 생각해볼 수도 있는 것이다. "긴 잠에서 깨어나는 날" 그리하여 활짝 열린 역사의 지평에 서는 날, 섭리로 가득한 어떤 존재가 귀염성 가득한 사랑의 눈길을 반짝이면서 다가와 동행을 청할 때, 앞으로 전개될 세계에서는 곰과 다람쥐가 생명의 춤에 함께 어울리게 되는 것이다.

이런 생명의 대향연이 새와 식물의 세계에 전개되는 예는 「물꽃 물의 꽃」에서 모양을 달리하여 펼쳐진다. 좀 어색하기는 하지만 섬세하기 이를 데 없는 촉수, 즉 "청진기를 둘러메고 눈발이 내려서자 숲은 알몸으로 드러눕고 말았다 덥석 쥔 지난 여름밤의 젖가슴도 그냥 드러내었다"고 농익은 성감으로 시작한다. 그런데 지난여름은 비취새, 머슴새, 할미새 등의 새소리로 인해 파장이었다. 이어서 식물들의 요란한 성전(性戰)이 벌어진다.

보랏빛 칡꽃이 허벅지에 최음제를 뿌리고 왼쪽으로 도는가 했는데 허리춤이 강그러진 것이다 혼미해지는데 덮쳐온 놈은 칡꽃 몰래 오른쪽을 틈타던 등꽃이다 그놈이 안고 핥던 목 언저리는 회복이 어려운 상태, 진단서는 '칡 갈'에 '등넝쿨 등', '갈등'이라고만 적었다

——「물꽃 물의 꽃」 부분

이러한 생명의 잔치판, 그 대향연에서 본연의 모습을

감추고 장식을 따로 해야 할 까닭이 없다. 생명 발양을 있는 그대로 드러내는 방식으로써 세속을 거부한다. 그리하여 이런 상상을 하게 된다. 이 작품은 칡과 등나무의 얽고트는 정사(情事)를 점잖게 갈등(葛藤)이라고 눙치면서 꽃들의 성생활을 보여준다. 꽃은 소망이다. 따라서 소망은 꽃이다. 꽃은 생명이다. 생명은 사랑의 다른 이름이다. 이러한 등식 가운데 나를 놓고 보면 나는 칡이면서 동시에 등꽃나무이기도 하다. 여기서 갈등은 심리학, 사회학의 용법을 넘어서서 생명과 생명이 겯고트는 용틀임이다. 결국 우리는 내 안에 일렁이며 용출(湧出)하는 생명을 보아내는 시인의 눈과 마주치는 것이다. 그리고 그 향연에 같이 참여해 춤판에 어우러지는 복락을 누린다.

3. 미륵을 꿈꾸는 방법

진 시인의 『곰아 곰아』를 거듭 읽으면서 잡힐 듯 잡힐 듯 안 잡히는, 따오기 같은 아득한 게 있어 나를 어지럽혔다. 이 시집 전체를 훑어내는 주요 정서가 '사랑'이라고 할 만하다는 생각이 들기도 하는데, 꼭 그렇다 할 확증이 잡히지는 않았다. 그런데 시나 소설이나 작가의 체험과 무관한 작품은 없다는 생각을 하다가 마주친 것이 「고도리 부처님 말씀」이라는 작품이다.

본문에 나와 있는 대로 '고도리 돌 부부상'은 왕궁면 논자락 가운데 서 있는 석상이다. 나는 내 체험으로 그렇게 추단한다. 거기가 진 시인이 '지모밀'이라 하는 미륵사 앞 동네다. 미륵사 앞 동네의 부처상이라면 그게 미륵일 것이라는 짐작이 갔다. 그런 생각 끝에 국립박물관에 있는 '미륵반가사유상(彌勒半跏思惟像)'을 비롯해서 고려 불화(佛畵) 가운데 관음상을 두루 살펴보았다. 그사이 미래불 혹은 내세불로 표상되는 미륵불과는 사뭇 다른 미륵의 이미지가 떠올랐다. 인간과 부처의 경계도 없고, 법과 아름다움의 저 위에 존재하는 초월적 아름다움을 구현한 존재로서, 인간으로 친다면 육신의 성(性)을 초월한 미적 이상이 미륵의 이미지로 정착된 것이다. 「고도리 부처님 말씀」을 이런 시각으로 읽어보자 진 시인의 '말씀'이 이마를 치는 듯했다.

고도리 돌 부부상, 섣달그믐 지척 분간 없이 다 지우는 눈보라 속에서 만나는 백제 부부를 역사책은 부부라 적지 않고 '부처님 가운데쯤'이라고 했다는 데 언젠가 그들이 말문을 여는 날이면 그것이 부처님의 말씀이라는 것.

어렴풋이 들었다고 하는 이야기는 산둥반도 말씀도 같고, 요동 땅 걱정도 같고, 대마도 사투리쯤의 그림자도 없는

'입추운—'하면서 허리를 굽히고 생강나무꽃 살피는 걸 보았다고도, '입추우—'하면서 말복날 바람 한 채반 뒤적거리는 것 똑똑히 보았다고도, 부처님 가운데쯤으로가 아니라 입술이 터져라 부비더라는 숭헌 소문에 이른 것

　　때가 이르렀다 어둠을 나누고 떡을 나누었다 살을 나누었다 징그러운 종살이도 나누었다
　　　　　　　　　　　　　　　　　　—「고도리 부처님 말씀」 전문

　'부처님 가운데쯤'으로 기록된 것을 눙쳐서 '입술'이라고 했지만, 거기와 말씀 사이의 의미 스펙트럼을 거느리는 존재는 미륵일 수밖에 없을 듯하다. "섣달그믐 지척 분간 없이 다 지우는 눈보라 속"은 잡스런 인간사가 숨죽인 일종의 순수한 시공간chronotope이다. 생활로 표상되는 현실은 순수의 시공간에 깃들지 못한다. 순수의 시공간에 현현하는 말씀은 지리적 경계나 정치적 구획을 용납하지 않는다. 구획을 용납하지 않으니 한반도에서 듣는 음성이 산둥반도, 요동반도 어디의 말씀이라도 상관이 없고, 구태여 대마도 사투리가 끼어들 틈새가 없다. "때가 이르렀다"는 말씀은 영구히 지속되고 또 지연되어나가는, 아스라한 울림으로 현현할 뿐이다.
　그러나 그렇게 아스라하기만 해서는 인간 언어의 의미역에 자리 잡는 미래불로서의 미륵 역할을 할 수 없다. 현

실적 시공간에 다가와 스며들어 역사(役事)하는 미래라야 생의 감각을 불러올 수 있다. 그래서 입춘에는 꽃과 희롱하고 입추에는 바람을 마름질할 줄 아는 미륵이 되어야 한다. '부처님 가운데쯤'은 겉으로 드러나지 않는다. 부처의 신체 특징을 이야기하는 32상에 따르면 그것은 '음마장(陰馬藏)'이다. 그러니 '입술이 터져라 부비'는 게 인간에게 현신하는 미륵의 진상일 터이다. 사랑으로 다가오는 미륵, 그 현신이다.

이러한 미륵의 이미지는 여러 현상으로 변형된다. 「광장」이라는 작품에서 "바다는 바람을 일으키고 말지만/바람은 스스로 중심을 세우며 가고/해일은 다시 새 보습을 번득이지 않던가" 하는 데 이어, "누이는 지금 목이 마른가 봐요" 하는 누이의 이미지는 미륵의 형상을 닮았다. 「매실을 담그면서」에서는 "빨릴 것 다 빨린 젖꼭지 이제 젖꼭지가 아니다" 하는 할매의 한마디 "매실은 다 빼내야 혀, 몰라 그건", 이 감칠맛 나는 사랑의 진저리가 어쩌면 미륵의 볼에 떠오르는 미소 같은 것인지도 모를 일이다. 「나비는 꿈을 나누지 않는다」에서 "가난도 아무렇지 않게 다독이면서/꿈속도 지상도 나누지 않고 나는 나비" 또한 같은 계열의 형상일 것이다. 아니면, 「자국눈」의 백제 왕후나 선화공주가 바라보던 법과 아름다움이 원융(圓融)되는, "바람에 맞추어 몸을 드러내면 물속에 달이 비치고 있었네, 달 속에 바람이 스치고 있네 그 지독한 향기 가람에 모셔야 했네"라고 형상화한 그게 향기로 현현하는 미륵이 아닐까. 가람에 모신 지독한 향기, 시인의 감각이 거기까지 이르렀으면, 다시 역사―현실로 돌아와야 하리라. 시인은 미륵이 아니다.

4. 역사에 대한 관심과 초월

시인이 쓰는 시가 시인 자신을 규정한다. 진 시인은 백제를 온통 끌어안고 살면서 시를 쓰다 보니 백제인이 되었다. 백제인 가운데서도 성깔 있는 바람을 지닌 사람이다. 「소리판」에서는 "뿌리까지 흔들어대는/성깔 있는 바람이라야/길들이는 맛이 나는 거지" 하면서 판소리의 소리판에서 팽팽한 긴장감이 감도는 가운데 정신을 단련하는 기개를 드러낸다.

그런가 하면 진 시인은 근―현대사의 굽이굽이 쓰라린 아픔을 외면하지 않고 보듬는, 역사에 대한 성실성을 보여주기도 한다. 빨치산이 이동하며 은거했던 회문산의 기억과 삶을 다룬 「회문산 아재」, 군대 체험을 시대의 표정으로 치환한 「담양 가는 길」, 우리 근대사의 아픈 매듭들을 성큼성큼 가닥쳐나간 「연이 돌아왔다」, 우리 정신사를 "백제 적 선운사 골짜기"를 배경으로 그린 「선운사 꽃무릇」 등이 그 예다.

역사는 그 본질이 그렇듯이 서사의 영역이다. 이야기를 만들어야 하고, 이야기를 만들자면 자료를 붙들고 씨름하는 과정을 거치지 않을 수 없다. 시인이라고 그런 작업을 하지 말아야 할 이유는 없다. 다만 역사를 초월하는 전망 혹은 비전은 은유적 상상력에 올라타지〔乘〕 않고는 의식의 지평 위에 떠오르지 않는다. 그 일을 해낼 수 있는가 여부는 진 시인이 써가는 시가 스스로 길을 내줄 것이다. 시인의 운명은 자기가 쓰는 시에 달려 있기 때문이다. ▨